진진욱 제13시집

비천상은 나의 어머니

국립중앙도서관 출판시도서목록(CIP)

비천상은 나의 어머니 : 진진욱 제13시집 /지은이 : 진진욱.
-- 서울 : 한누리미디어, 2017
p. ; cm

ISBN 978-89-7969-735-3 03810 : ₩12000

한국 현대시 [韓國現代詩]

811.7-KDC6
895.715-DDC23 CIP2017000263

진진욱 제13시집

비천상은 나의 어머니

한누리미디어

차례 Contents

제 1 부 어머니의 저승길

제 2 부 모정 만 리

차례 Contents

제 3 부 천상 같은 세상

제 4 부 그래도 숙이

차례 Contents

제 5 부 님이여, 언제 오시나

제 6 부 청석골 선비

제 1 부

어머니의 저승길

미아迷兒

어머니께서 태어난 곳은 천상天上이었으나
술을 물로 마시는 외삼촌의 술심부름 나왔다가
길을 잃고 예까지 와 90여 년을 미아로 살고 있다
저 수많은 은하수 중 어머니의 고국은 어딜까.

임종

어머니! 소자小子 소리 들리십니까?
부처님들의 명호 중
어느 부처님, 아니면 보살님들의
소리가 뼛속까지 들리십니까?
그렇게 좋으시다면 목이 터지도록
불러드리리다
만 부처, 만 보살 중 신통치 않은
불, 보살님 없기로 잠자코만 계시면
소인이 알아서 충족케 하겠으니
이승의 기억이나 잘 챙겨 보십시오
저승에서 가족끼리 만나더라도
이야기보따리가 푸짐해야 좋으리니
산전수전 가림 없이
저는 미리부터 책으로 엮어둡니다.

작별

어머니!
이왕 같이 못갈 바에야
제가 먼저 나서는 게 나을 것 같아요
악마의 강 가로놓인 부서진 다리가
그대로 방치되어 있다면
어찌 자식이라 하겠어요
강까지만 가서 다리라도 확인해 보고 싶어요
몇 해 전 수미산으로 가던 수많은 영가들이
다리를 못 건너 되돌아왔다잖아요
강 건너 황금탑이 수천, 수만 개라도
그냥 두면 돌멩이나 마찬가지
어머니! 아무래도 제가 먼저 가야겠어요.

예행 연습

어머니! 무사히 당도하셨습니까
혹시 저승에서 쫓겨나지는
않았습니까
학대를 당하고 몰매를 맞게 하여
성 밖에 버려지지는 않았습니까
정신이 혼미해지면 어쩌시려구요
어서 이쪽으로 기별을 하소서
단숨에 제가 모시러 가겠습니다
말 두 마디만 하면 돌아오는 데는
걱정 안 하셔도 되니까 까마귀들을
불러 위급하다고 전해 주세요
어머니 안 계시는 둥지 속은
적막 그대로입니다
보름달이 뜨면 넘어지지 않고 쉽게
돌아올 수 있으니 까마귀 아니면
부정부패 만연한 세상, 그곳이라고
다를라고요
저승사자에게 사정해 보십시오
여기서 가는 걸음 반이면 되니까
오히려 그게 낫겠습니다
아직 해 드릴 효도가 많이 남았으니
둥지도 새로 손질해 놓겠습니다.

어머니의 저승길

저승까지 가시는 길
자갈길이면 어떻습니까
사막길이면 어떡하고요

먼 길
허기지는 일만 없다면
불평불만이 무어겠습니까

목적지까지만 가면
인간 년 수
4억 3천 2백만 년의 삶

상운 지녀 가시니
걸림돌이 있으랴만
다음 생을 생각하리오

스치는 인연마다
자등 불 밝혀
우주법계 밝히소서

생전, 어머니의 조석불
금강보다 단단해
어찌 보살로 남으리까.

빈 둥지

어머니! 어머니 지금 어디에 머무십니까!
조금 전만 해도 제 곁에 계시지 않았습니까
물끄러미 저를 쳐다보시며
손도 잡아주고 이름도 부르지 않았습니까
설마, 가신다, 가신다 하시더니
다시는 영영 못 돌아오실 북망산천으로
저 돌려 세워놓고 줄행랑치신 건 아니지요
그렇게 훌쩍 떠나시고 나면, 저 혼자 남은
둥지 속을 무엇으로 채워 놓는단 말입니까
어머니!
내색은 안 하셔도 천만 년을 살고 싶어 하신
그 마음 어찌 눈치 채지 못 했겠습니까!
10남매를 낳고도 큰 병 한 번 없었던 어머니
이렇게 훌쩍 떠나시다니 믿어지지가 않네요
행여 가시다가 길을 잃게 되시면 자리 뜨지
마시고 저를 불러 주시면, 단숨에 달려가서
극락전 뜰에 사뿐히 내려 드리겠습니다

나무서방 대 교주 무량수 여래불
나무아미타불, 나무아미타불, 나무아미타불.

생 땔감

어머니는 울었다 못 울어도 하루
두 번은 아침저녁으로 울어야 했다
옆집 수동이 엄마도 울고
아랫집 복근이 할머니도 울었다
철모르는 나도 눈물을 흘렸지
집집마다 울어 왕대나무 굴뚝
토담 굴뚝, 양철 굴뚝 할 것 없이
꾸물꾸물 기어 나오는 생나무 연기
자취를 감추면 낮은 담 너머로
귀한 음식도 나눠 먹던 그 시절
생각난다, 생각나
된장국 같은 아날로그 그 때가
내 아주 어린 시절 말이다.

시집살이

통영 명정동에서 고성 화당리로
중매 결혼한 어머니
식솔 많은 집 큰며느리의 하루는
험하고 멀다
어부인 남편의 급한 성격은 바닷물에
자주 헹군다지만 식솔, 수저 챙기느라
새댁머리 말이 아니다
중년에 내외분 다투는 소릴 들어보면
그저 궁합타령
종합해 보면 맺어서는 안 될 궁합이다
맞아서 다치고 넘어져서 다치고 하여
어머니의 자궁은 항상 깊고
돌아 나오는 길은 언제나 꼬부랑길이다.

어머니가 키운 호랑이

아버지의 4남 1녀 중
막내는 호랑이 새끼였다
옛 부산시청 전차 정류장 옆에
리어카 한 대 끌어다놓고
영도다리 밑 양아치들과 한 통속
자유당 시절 건달들의 아지트
그 꼴 보기 싫다고 아버지는
어머니에게만 닦달
고향 내왕하면서 어머니 약점을 노려
아버지를 설득케 했지만 역으로
사람 새끼나 올바로 키우라시던 아버지!
그렇게 완강한 아버지께서
호랑이 이빨에 온몸을 뜯기고 말았다
호박씨 까서 한 입에 삼켰다며
병든 어머니
1962년 겨울밤 첫눈을 맞으며
빚잔치를 하느라 식구대로 걸어서
등짐, 허리짐 지고 낯선 땅에
가계를 풀었다
저승 가서 명찰 떼고 승부낼 내
굳은 심사가 매일 점호를 받는다.

꺾인 삶

내가 아는 아버지는
바다에서 헤매다 가시고

내가 아는 어머니는
못, 열 박힌 채, 가실 듯

나만이 노년에
수륙양육 싸다니고 있다.

내유외강內柔外剛

겉으로는 냉풍이지만 내심으로는
온풍이었던 건장한 아버지!
건전지 교환시기가 임박한데도
접근하기 두려웠다
온순한 어머니가 구십까지
쓴 소리 한 번 못하고 살아온 건
자식들이 모르는 아버지만의 그
무엇이 있었다는 사실을
실뱀 같은 자식 둘을 낳아본 후
알아냈다
삼강오륜으로 태어나 삼강오륜으로
일생을 마친 아버지였지만 일생에
오점 하나 남긴 건 흉이라면 흉이다
징용으로 끌려간 일본, 해군 병사
이제 이 땅에는 누런 군복 입은
사진과 아버지는 영원히 부재중.

예감

까악, 까악 까마귀 소리
멀고 먼 저승에서 보낸 어머니의
안부소리
까마귀는 보이지 않고 하루 종일
울음소리만 들린다
보여야 주먹밥이라도 건네주지
옆집, 뒷집은 먹다 버린 빵도 없나
어머니로부터 전갈을 가져와
내 집 찾느라고 헤매는 모양이라면
새 번지, 옛날 번지에 헷갈려
애를 먹는 모양이다
밤새도록 기다려보는 수밖에
맨 나중이라도 혹시 모를 일
이러나저러나 무슨 일로 보냈는지
며칠 밤 또 뜬눈 신세 져야겠네
어머니! 법당의 어머니 방석
눈 초롱초롱거리고 있습니다.

작업

2남 3녀!

심심하면 번갈아가며

못이 되어

어머니의 가슴 속으로

기어 들어갔다.

멈추지 않을 눈물

반평생
님 버리고 흘린 눈물 얼마이던가
감당치 못해 태평양을 빌렸건만
어머니!
어머니 가시고 나면
빌릴만한 바다가 또 있을까요?
생전에도 외로우면 흐르는 눈물
목 메이도록 맨땅에다 뿌렸건만
떠나시고 나면 어쩌란 말입니까
귀한 눈물 헛되이 버리지 않으려면
바다 위에 또 하나의 바다를
만들까요
짜디짠 소금기 걸러낸 눈물을 채워
연꽃바다를 만든다면
어머니!
그 바다에 오셔서 해바라기처럼
고개 두리번거리세요
첫 눈에 찾아 안겨 눈물 거두면
평소에 속 썩이던 이 몸인 줄 알고
머리 쓰다듬어 주세요.

나들이

희고 결 고운 옥양목 치마저고리에
지갑 하나 드신 어머니
따라가겠다고 응석부리는 내게
외갓집에 다녀오마고 엿장수 오면
마루 밑에 있는 고무신이며 헌 병과
엿 바꿔 먹고 집 지키라신다
버스를 타려면 20리쯤 걸어야 한다
누나 오기 전에 어서 바꿔 먹어야
내 몫이 많을 텐데, 가위소리는커녕
통통배 소리도 안 들린다
통영 충렬사 오르막길에 있는
전통 기와집
마루 밑 고무신이 문제가 아니라
막차가 오면 보따리 속이 문제였다
그, 어머니!
생각만 해도 부잣집 안방 규수였다
사랑을 독차지했을 막내딸 조옥연
단 둘이 자는 방, 밤잠 설치는 날은
밤잠 반이 공짜로 날아가 버린다
온 밤이 매일같이 통째로 날아가도
제 곁에만 머물러 주신다면.

어머니의 간식

늦은 오후 TV를 보시다가 문득
자신도 모르게 드신 간식이
식상했던 모양이다
'구질구질 먹었더니 아무래도
배가 불러 저녁은 굶어야겠다'
없어서 못 드시는 것도 아닌데
갑자기 보리 흉년 생각에
단편 파노라마가 슬프게 펼쳐진다
'주무시다가 시장기가 들면
빵이라도 꺼내 드세요'
흉년 생각이 나를 슬프게 한다.

나

나는 나다
나는 나의 절대자다
나를 지키는 자도
나를 부려먹는 자도

내가 화를 내면
덩달아 부채질하는 자도
덩달아 미치는 자도
모두가 나다

나,
나, 가 없으면 나도 없다
나, 가 있는 자리에만 내가
나, 라고 큰소리친다

나의 나는 하나되
나의 군소정당이 많아
나, 라고 해서
나, 라고 맘대로 못한다.

동지팥죽

밥상머리 둘러앉아 정담을 나누며
두 손으로 빚던 새알심 시절은 가고
핵가족시대에 맞춰, 마트에 가면
진공포장 속에 대가리들 맞대고
잠들어 있는 새알들을 흔히 본다

걸레질도 못하는 구십 넘은 어머니
질병이 직책인 칠십의 홀애비 아들
아들인 내가 감기 몸살이라도 하는
동안은 두 모자가 눈을 감고
저승사자의 초상화만 그려댄다

팥죽을 좋아하기도 하지만 해마다
동짓날을 그냥 넘기는 해가 없는
장손 댁
나의 팥죽 맛은 집안의 화젯거리다
팔자의 한 대목인지!

일 년에 단 한 번, 앞으로 어머니가
드실 횟수가 나를 슬프게 한다
병치레를 보면 누가 먼저 이승을
떠날지 모르지만, 어머니!
가난뱅이 못난 저보다 더 드셔야죠.

제2부

모정 만 리

정안수

고집과 불칼 같은 성격을 지닌
사나이일수록
정의의 사나이가 많다는 사실
어머니는 아버지의 그 매력에
빨려든 건 아닌지
멀고 먼 타지에 사업을 벌여 놓고
노심초사 애태우게 하는 아버지!
새벽에 도둑고양이처럼 일어나
어머니의 동정을 살핀다
빳빳하게 풀 먹여 다린, 무명 치마
저고리 입으시고 장독 위 떠놓은
정안수를 뚫어지게 바라보며 빌고
비는 어머니의 그 모습!
하늘에서 갓 내려온 천사 아니면
신선이었다.

풀려나간 어머니의 실타래

터지면 다시 이어 쓸려고 터질 때마다
매듭 이어 다시 감아두는 어머니의 실패
억센 삶도 아님에 자주 터지는 이유가 있었다
살다 살다 돌림병으로 죽어나가는 식구들
망자는 말이 없고 수의를 짓는 일손들
왜 그다지 바빴을까
위로는 조부모님, 아래로는 어머니와
아버지의 미혼 5남매들에다
우리 10남매까지, 도중, 도중 저승사자가
데리고 갔다 쳐도 제일 많을 때가 14식구
이어 놓은 실까지 다 쓰면 고무신은 항시
얻어온 실로 꿰매 썼으니.

상존相存

내 안에 어머니 모시오리니
어머니 안에 내 안겨 있어라

나, 어머니
하늘같이 받들고 계심이니

어머니, 나
바다같이 한 가득 안음이라

한 때 어머니 잊고
내가 나를 어머니라 했으니

어머니 언제나
계절처럼 날 기다려 주시네.

시련

사노라면 시련이 따르기 마련
나는 시련을 안고 태어났으므로
돌아갈 때도 시련과 함께할 것이다

어느 한 때도 시련이 없었거나
앞으로 잠시나마 없을 징후가 있어
기대를 해도 좋을 평범도 아니다

그들이 호시탐탐 노리고 있는 한
나도 그들의 털끝 하나 움직이는
동태까지 지켜 대응할 것이다

진작에 걱정되는 건 앞으로 다가올
어머니와의 사별극
어머니 모셔 드리면 세상은 끝이다

산과 들에 꽃이 만발한들 무엇해
그저 생전의 어머니 모습이 우선,
어머니! 소자 불효를 용서하소서.

어머니 생각

어머니!
간밤에는 잘 주무셨습니까?
몸은 병실에 갇혀 있어도
마음은 언제나 어머니께 가 있습니다
이 몸이 병실에 누워 있어 다행이지
만일 어머니께서 이러고 계신다면
이 자식이 대신 아파 드릴 수 없어
얼마나 애 타겠습니까
어머니의 남은 삶 지금 이대로라면
더 이상 뭘 바라겠습니까
오늘도 편안히 계시면서
좋은 꿈 많이 꾸시어 내일은 제게도
좀 넘겨 주십시오.

어머니의 바다

아직도 더, 삶의 숙제가 남아 있을까
아니면 저승 가실 걱정 때문일까
유달리 잔병치레를 많이 하기는 해도
자식들한테 애먹이는 일은 없었다
인생은 광대 줄타기
이제 열 번째 광대 줄에 올랐으니
그럴 만도 하지만, 그것도 아니고
안색을 드러내지 않으니
있다면 저승으로 가서 이승에 남은
5남매들 일일이 걱정하실 일 외는
바다와
어머니!
어머니와 바다!
두 마음 너무 닮아 자매지간 아닌지.

천 년의 어머니

아버지 두 눈 부릅뜨고 회초리 들 때마다
잽싸게 천 년의 나무 뒤에 몸을 숨기고
바들바들 떨던 어린 시절

여름에는 그늘, 겨울엔 따뜻한 온기
등 뒤에 가만히 붙어 있으면 동백기름과
분 냄새 소~올 솔

만고풍상 겪느라 이제 허리 다 휘어
오른쪽에는 지팡이, 왼쪽은 내 오른팔
아버지 가시자마자 저승이 무서운가 봐

해쉽다
세월아!
무정스런 멍텅구리 세월아!

해쉽다
세월아!
산을 넘는 해, 무슨 수로 멈추게 하나.

모정 만 리

등 굽은 자정, 등 굽은 줄도 모르고
등 꿈, 꾸시고 주무시는 어머니
야월 대로 야윈 체구에
온 뼈, 구멍투성이인 골다공증 노구,
구십 다릿발에서 일백 다릿발을
어지럽게 건너가시고 있는 어머니
아슬아슬!
숨길 멈추면 다시는 못 볼 어머니여
살을 베어 덧붙일 수 있다면
뼈를 추려 구멍구멍 채울 수 있다면
무엇을 망설이오만!

못난 자식 먼저 떠나거든 염려 마세요
어머니 오실 길
돌부리 걷어내고 꽃길 꾸며 놓으리라
그것 밖에 해 드릴 게 없다니
차라리 어머니께서 먼저 떠나신다면
이 몸 등에 업고 천상으로 모실 것을
어머니!
이 자식 상처받게 하는 꿈꾸시면 절대
안 되오니
행여 그랬다면 굳게굳게 입 다무소서.

오복五福

늙을수록 없어서는 안 될 복들
눈도 탈나고
귀도 탈나고
이번에는 치아들이 말썽이다
네댓 개 손보는데 아픔은 물론
서까래 값 못지 않게 달아난 돈
참 아깝다
두 번 다시 탈만 나지 않는다면
투자한 보람이 있겠다만
보나마나 몇 년 못가서 또 다시
갈아 끼울 서까래들
늙어가면서 오복 멀쩡한 친구들
보면 석 달 열흘을 굶어도
부러울 게 하나 없어 보이는 게
나 같으면 정승자리도 박차겠다.

어머니 세월

모르는 사람은 날 보고
성질 고약하다 하겠지

모르는 사람은 날 보고
막된 놈이라 하겠지

어머니, 어머니!
전 불효자가 아닙니다

어머니 제발!
속으로는 잘 아시면서

어머니!
귀 좀 확 열어 보세요

놀란 새들이 달아나요
저도 멀리 달아날래요

목젖이 찢어졌다구요
눈은 밝잖아요.

아버지가 부처였다

태어날 때부터 나의 길이 막힌 건 아닐 테고
분명 바늘 구멍만한 길은 있었을 테다
자식의 미래를 예측할 수 없다시며
귀를 막을 때는 아버지를 이해시킬
명분이 없었다
보라, 일부 종교들과
그에 매달린 성직자들의 작태를!
용마루에 깔린 검은 그림자를
석가모니보다 일찍 알아내신 아버지!

부처는 진작 아버지였었다.

아버님 전 상서

혼령으로 떠나신 아버님!
그간 별고 없이 잘 지내셨는지요
몽중에서 뵌 모습이라면
안심을 놓겠습니다만
호랑이 체구에 호랑이 같았던
지금도 무섭게 그려지는 아버님!
다행입니다

생전에 소인과 겪은 부자지간은
유유한 세월과 같아 보였지만
파고들면 고개 숙여집니다
그 곳, 오 남매도 잘 지내는지요
이곳 어머님과 오 남매들도
잘 지내고 있습니다
드릴 말씀 태산 같으나 이만
불비상서하옵니다.

만남의 광장

상엿집 같은 전통 찻집 가득
적막 아닌 적막이 흐른다
1972년 9월 어느 날
그녀가 먼저 말문을 열었다
기다렸다는 듯
도중에 내가 가로챘다
이번에는 주섬주섬
그녀가 틈을 주지 않더니
사다리를 타고 막무가내
지상으로 가잔다
착지 즉시 부부 인연 맺어서
백년가약하자더니
금년이 몇 년, 몇 달째인지?
일인용 사다리라서 그녀 먼저
보냈는데 백발이 너무 서럽다

치롱10경癡聾十經

어머니, 날 낳았을 적
똥, 오줌 못 가려 죄송했으며

어머니, 날 키웠을 적
지지리 말썽지어 죄송했으며

어머니, 날 장가보낼 때
앞, 뒤 분별 못해 죄송했으며

어머니, 앞에서 하는 일
풀리지 않을 때 죄송했으며

어머니, 병났을 때
그 아픔 못 느껴 죄송했으며

어머니, 쌈지 속을
텅텅 비우게 해서 죄송하며

어머니, 한숨 쉬는 내력
깊이 알 수 없어 죄송하며

어머니, 어느새 새우등
될 때까지 몰라서 죄송하며

어머니, 오복을 진작
찾아 드리지 못해 죄송하며

어머니, 어떻게 해 드려야
남은, 생 편히 지내실련지.

*치롱 : 몹시 어리석고 귀먹은 사람

물든 추억

네 잎 클로버가 잔디 못지 않게
넓은 마당을 차지하고 있는
남으로 유리창이 난 와가
부자도 아니고
가난하지도 않은 가계
요즘도 물질보다 마음 넉넉한
어머니는 한 세상을 한 번, 더
바꾸어 사는 사람 같다
서너 살 나이의 목마를 탄 아이
어머니 목이 꽤나 아프시겠다
왕자가 되라고 온몸 아프신 줄
알면서 기개를 북돋아 주시던
어머니여!
옛 시절이여!
이렇게 고개 숙이고 있는 나는
누구십니까?

천추千秋의 한恨

나의 좌측 자리는 이미 신神이
정해둔 자리였음을
20년이 지나서야 알았다

외로外路에서 만난 잘못된 타인他人
천생연분天生緣分이 아님을 왜?
신神의 부재중不在中

급히 굴러오는 돌을 보느라
박힌 돌도 잊고
신神도 잊고

박힌 돌은 더 박혀 아주아주
보이지 않고
눈엣가시만 스멀스멀

숙아, 숙아
광주 소녀, 최영숙아!
네 갔다고? 이번엔 내 차례.

최영숙에게 남기는 서신

님아!
하늘이 무너져도 부를 이름은 너뿐이야
천 길 바다가 갈라져도 너뿐
아니, 지구가 통째로 불타도 너뿐이야
그토록 나를 사랑했다면
사진 한 장 찍어놓고 입대시킬 일이지
이 바보야!
하필이면 동거생활하고 있는 나에게
정을 쏟다니!
만나는 횟수가 잦을수록 죄책감이 들어
고백을 못 하겠더군
입대하지 않을 거라고 믿고 있다가
날벼락이 떨어져 제대로 한 번 안아 줄
생각마저 못하고 입영 날짜도 마찬가지
이럴 줄 알았다면
거의 매일같이 보내온 편지라도 한 장
남겨둘 것을
숙아! 너를 떼어내려고 마음을 다잡아도
네 사연만 받아보면 탈영하고픈 내 심정
너는 믿지 않을 거야
동거녀는 행방을 감춰 버리고 넌 오히려
첫 휴가 때 약혼식을 하자는 사연에 놀라

너를 너무 사랑하기에 잊으라고, 봉투가
터질 정도로 변명으로 가득 채운 마지막
사연을 보낸 뒤 날마다 심장을 쥐어뜯었지
숙아!
얼마나 실망했으면 허다한 꿈에서도 자취를
감추고 말았느냐!
죄인은 나지만 이건 해도 해도 너무하잖아
이제 나 혼자야, 영원히 돌아오라. 내 곁에!

이승에 왔다가

어떤 이는
소풍 한 번 잘 하고
간다더니만

허, 허!
난 유격 훈련 한 번
잘 받고 갈 셈이네.

제3부

천상 같은 세상

별 같은 소녀

샛별 같은 눈을 가진 소녀야
얼굴이 양귀비 같은 소녀야
마음이 바다 같을 소녀야
이 땅 와서 조금 전까지
불평만 늘어놓던 내가
너를 보기 다행이다

소녀야!
나
조금만 소녀를 늦게 봤다면
후회하다 말고 비상약을
꺼냈을지도 모른다
열차와 나는 어찌 되었을까

이 땅에 살아남아 있을 때까지
난 지금의 소녀를 그리며
마치 애인이라도 된 듯
밤이 되면 가슴을 열어
별을 찾을 거야
소녀야! 잘 가라.

초양은 어딜 가고

몸은 처져도 날렵한 여인
남 늦게 시인 되었다고
조촐한 모임
남편 일찍 잃고
먹고 사노라
남자 친구 하나 없다던 그
시간나면 보충한답시고
가끔 만나면
장난기 많고 소녀 같아서
연필은 연필대로
사람은 사람대로
후배답게 선배를 섬기는 그
제자답게 스승으로 대하던
가명 김초양
뒤에 알았지만
사고치고 몰래 달아났다나
지금도 비단 찢는 소리
귀에 쟁쟁하여라.

님 소동

남은 님도 님이지만 가신 님
너무 많아
황천길 고개마다
치마폭에 얼굴 파묻고
말발굽소리 지나치면
치맛자락 살짝 여미는 여인들
간다, 간다 하더니만
십리도 채 못가서
주저앉아 흐느끼나니
사자님, 사자님 저 여인들
마차에 실어
수미산 도솔천에만 내려주면
그 은혜 잊지 않고 갚으리오.

안개

몸부림 한 번 뒹굴 수 없이
숨 막히게 들어선 안개
그리움이 하얗게 응고
거대한 섬으로 변해 간다

별보다 못지 않은 만큼
방대하게 새길 수 있는 섬
백지가 모자라 못다 쓴
지난날의 그리움들 모은다

어쩌다 꿈을 꾸는 날은
가족들 안중에 없이
보름달보다 둥근 얼굴만
찾아 미치나니

꿈이 깨질 생각보다
연줄 끊어질 생각이 앞서
가슴가슴 조마조마
심장 터질 듯 또 미치려 한다.

행복에 대하여

행복이란 실체는 보이지 않지만
느낌 하나로 털끝까지를 감지
인간들에게 예민한 습성을 길러
자신과의 교감을 놓치지 않는다

행복이란 개개인의 재산 제 1호
뺏기면 안 된다
두 끝 중에서 한 끝은 불행이니
실로 행복같이 중한 것이 없다

인간의 보증수표
심하게 남발하는 자를 경계하라
교묘한 방법이 아닌가 확인하라
행복의 분실은 자신의 분실이다.

그대는 늘 바보

바보
그대 나를 찾아 나서라고
태양이 구석구석 빛의 사다리를 놓건만

바보
그대 나를 찾아 나서라고
밤이면 달이 있는 힘을 다 쏟아내건만

저 어린 별들까지
밤을 새워가며
빈 곳마다 모자라는 사다리를 놓건만

그대는 바보
무조건 낮은 곳만 내려서면 아주 쉽게
나를 만날 수 있으련

가끔씩 화가 치민
해와 달과 별들이
구름과 안개로 지상을 가리기도 하건만

바보
그대는 어쩜, 천체들의 마음과 내 마음
그렇게 몰라주는지.

알쏭달쏭

하늘을 뒤덮은 반반한 솔밭
잘 익은 솔잎들이
노란 양탄자 길을
꿈길같이 뻗쳐 놓고 있다

솔가지만 솔솔거릴 뿐
나뿐인 허전한 길
황색 오솔길이 말문을 연다
무슨 말을 하려는 걸까

아랫마을, 울창한 대밭에서
성급하게 몰려드는 댓바람
전혀 낯설지가 않은 걸 보니
추억들이 희미하게 떠오른다

황색 오솔길과 대밭길
내게 뭔가를 숨기고 있는 듯
서로 호들갑스러운 걸 보니
나 모르는 옛 로맨스가!

언제 누구였더라!
황색 오솔길과
대밭길
그녀들은 언제 누구였더라.

비와 나

비 내리는 병실 창문 너머
쉴 새 없이 돌아가는 스크린
가슴이 마구 조여 온다
명약으로도 치유가 안 되는
겹치기 상사병
저 비가 그쳐야
서로의 자리로 돌아가련만
너만 남기고
재차 돌아설 수가 없구나
쌓였던 얘기, 아무리 가물어도
고여 있는 우리들의 웅덩이에
썩지 않는 물이 있긴 하지만
숙아!
이제 모질게 단념하면 안 될까
티브이에서 백세시대가 된다니
그게 사실이라면 굳이
단념할 이유는 없겠지만
날만 새면 사사건건 달라지는 세상
아직도 못 믿을 세상이라서.

이유에 대하여

알 수 없다
밤 꼬박 새워도 알 수 없는
'이유에 대하여' 가
답이 풀리지 않는다
그 여자는 어떻게 했기에
한 순간에 대박을 쳤을까
한 수 배우고 싶지만 그게
어디 쉽기나 한가
벗어줘도 받아들일 용기가
없는 내 컴퓨터
게다가 필수적으로
암컷이 필요하지 않는가
멀쩡하긴 비할 데 없건만
그 여자와 즐겼던 수컷을
만나보기라도 한다면.

어머니의 샘

아무리 퍼내어도 고갈되지 않는 샘
세상의 모든 어머니가 제각각
한시도 쉬지 않고 샘물을 솟군다
손바닥보다 작은 샘에서 한바다보다
많은 샘물을 마르지 않게 하기까지
지금도 지혜는 진행 중
어디 그뿐이랴!
꽃이 되게 하기도 하고
탐스런 열매가 열리게도 하다가
이 세상 떠나실 때는 남은 자를 위해
비책秘策까지 내려놓고 가시려는
어머니!
소인도 어머니의 깊은 뜻을 헤아리며
펄물 같은 세상 악세를 지우렵니다.

실크로드

자르르 윤기 흐르는 머리칼
엄마의 하루치 세월을 독차지해도
아깝지 않은 어린 아가가 부럽다
아직은 꿈도 희망도 모르는
애벌레 같은 아가야!
세월이 바뀔수록 세월을 믿지 못하는
아버지와 어머니는 네 길을 내느라
비지땀을 멈추지 않음에
자라라, 무럭무럭 자라면서
비틀거리지 말고 흔들거리지도 말라
아버지 어머니는
끝까지 너를 지켜줄 수 없음에
백발이 되어
운명이 끝나는 날까지는 너 홀로
빗질을 하며, 홀로 거울을 봐야 한다
세월은 눈곱만큼도 쉬지 않음에
너 역시 그러함이니 깊이 깨달아
한 치 고통 없이 백발계단까지 가기를
바라지 말고 세월 따라, 자연 따라
살다 지면 꿈에도 그리운
아버지, 어머니를 만날 수도 있으리라.

둘만의 사리탑

주름살이 이랑진 나이, 이쯤에서
감춰두었던 것들을 쏟아내 볼까
아! 불화살 하나 살같이 날아
심장을 향해 날아온다

입 밖으로 새어 나가면
저승 가서도 못 찾는다고!
수 십 년의 그리움
세상에 퍼지면 영영 못 찾는다고!

긴 세월 너무 꿰어 줄이 모자라는
그리움의 염주알!
그대의 것도 나의 것도 아닌
심장만 누르면 생기는 귀신같이!

숙아!
저승서 이 마패 같은 사리만 들춰
보이면 너를 만나게 해 주겠지
그때까지 탑을 잘 지켜야 되겠지!

조금만 더 참아줘
이제 나도 너 없는 이승, 더 이상
퍼질고 앉아 있을 나이가 아냐
이승사자가 발목을 쥐고 있으니!

천상 같은 세상

병원 휴게실인 옥상
티브이가 너무 많다
재방송
생방송

이제 겨우 호적에
먹물 말랐을 나이
저녁 먹고
옥상에 가 보라

뱀 몸뚱이 꼬이듯
겨울에도 땀을 내며
보아야 하는
아슬아슬 이색 묘기

잠시 나에게 배역을
맡겨준다면
화끈하게
불태울 것 같다만

담배연기 연거푸
뿜어대며 게다가
남이야 보든 말든
저들 좋으면 얼싸.

기형화

요조숙녀는 자신이 요조숙녀임을
모른다
사타구니까지 까올린 철부지들아
너희는 일부러 까올렸으니 알지?
누더기를 걸치고 다니는 노숙자
그들이 세상 땟국의 깊이를 몰라
자포자기의 대열에 몸을 던지듯
사타구니까지 드러낸 철부지들아!
과시할 곳이 있으면 모두 보여라
세상이 언제 생겼는지 모르지만
내가 몇 천 번을 번갈아 태어나
봐서 알건데, 철면피로 변해 가는
아!
이 더럽고 양심 없이 구겨진 곳
다시는 오지 않으리
더구나 금전만능 시대가 고까와
사회악이 변하기 전에는 절대로
올 리가 없지만
저울에 달아도 기울지 않는 님
그 님을 만날 수 있다면 몰라도.

유혹

밤바다는 유혹의 사창가다
싸구려 독한 담배를 물고
베란다에 기대서서 바라보는 바다
고향도 바다
타향도 바다
별빛 반짝이는 하늘까지
유년에서부터 보아온 친구 같은 등대들
띄엄띄엄 오색 불빛을 풀어
항구는 짧은 뱃고동소리와 함께 기상하여
밤이 낮 되고
살아 숨 쉬는 모두는 낮이 밤 되어
2본 동시 상영의 무성 영화를 보며
잠꼬대를 해댈 것이다.

번지 없는 치매

병원에 갔더니 날더러 치매란다
허기야 깜박깜박할 때는
의심이 가기도 했지
나보다 스물넷이나 앞선 나이의
어머니는 나이 치고는 쟁쟁하다
모자母子 가정, 모자 늙은이들
그래도 여자라고 잔소리는 여전
아직은 청년이라 고함은 어쩌고!
모르는 세대는 싸움으로 여긴다
싸움은 언제나 내가 이기지만
일부러 지는 척, 아무 집 없이
싸움의 시초는 텔레비전 아닌가
연속극과 뉴스! 뉴스와 연속극
밤 시간은 어딜 가도 허다한 일
뭐니 뭐니 해도 번지 없는 치매
이만하면 내가 이긴 것 아닌가.

마주친 눈빛

바쁜 세상에 통성명이 무슨 필요 있냐고?
2급수 하천을 헤어 다니다 마주친 눈빛
구정물이지만 그래도 도시물 먹고 산다며
양 어깨며 가슴에 근육을 불어 넣는 오리
귀 볼때기 한 대 올려주고 싶지만 아서라
물 밑에 부리 한 번 찍었다 하면 질금질금
고개 쳐들고 객기 부리는 꼴이 거슬린다
도시는 송곳이다 칼날이다
오리털 의상 속에 몸을 감춘 과수댁이여!
나에게 의지하라, 믿을 수 있는 나에게로.

허 세월

진작부터
저 달만 따라다녔어도
벌써 만났을 걸

저 달이
한 마디만 알려줬어도
주저앉지 않았을 걸

무능한 것이 죄였으니
이제 와서 누굴 보고
원망하랴

마지막 신 밑바닥에 난
구멍!
저 구멍으로도 보일까

신을 벗어들고 다닌다면
아직도 여유는 있겠다
휘파람 절로 나오겠다.

제4부

그래도 숙이

시집詩集을 땅 속에 묻다

인적 드문 야트막한 언덕배기
당신께 바치기 위해 시집 한 권을
눈물과 함께 고이 묻는다

내가 이러는 것이 우스운지
지나가던 벌 한 마리가
해독 불가능한 소리 흘려 놓고 간다

무슨 마음으로 무슨 말을 해댔는지
사랑이라고 해서 어디 다 같은가
땅벌도 나름대로 사연이 있나 보다

시집 속 나의 시어詩語들이 하나
둘씩 민들레 같은 꽃을 피워
사방에 씨앗을 뿌려 준다면 좋으련

나, 이른 봄이 오면 제일 먼저 나와
민들레꽃 곁에 텐트를 치고
뿜어대는 향기 내가 죄다 맡아야지

꽃이 지고 흔적 없을 때까지
나 떠나지 않고 기다리는 마음, 숙아
너만 알고 있으렴.

그래도 숙이

겁 없던 청춘시절, 다방에 홀로 앉아 있노라면
클래식 음악이 심금을 울려
근무시간인데도 숙이를 불러내지 않고는 그냥
음악의 진수를 맛 볼 수 없었다
동그스름한 얼굴에 세상의 모든 꽃을 마음에
담아 다녀서 그런지, 숙이만 만나면 이 세상에
단 둘뿐인 것 같았다
옛 미녀 시인 매창이나 남원골 춘향이에 어찌
비하랴!
골프장에 들르는 사람마다 입안에 침이 가득
고여, 삼키기도 뱉어내지도 못하던 남정네들
늙으나 젊으나 군침 안 흘리는 자가 없었다
그러다 입대 후, 나는 숙이의 일생을 망쳤다

숙이를 보고플 때마다 돌 하나씩 쌓았다면
벌써 수척의 높이에 수많은 돌탑으로 하여
기네스북에 올리고도 훨씬 남을 걸
내 땅이라고는 손바닥 하나치도 없다 보니
가슴 속에 쌓을 수뿐
나는 시를 위해 시를 짓는 것이 아니라
그대가 보고 싶어 시 아닌 시를 짓고 있다.

옛 생각

한 올씩 모여드는 가을바람들은
우리들을 위한 세레나데

별 대신 반딧불 하나 둘 셋
자정이 가까울수록 늘어나고

등대가 버텨 선 방파제 아래엔
가슴을 쿵쾅거리는 해조음

통통배의 온갖 색깔들과 깃발이
함께 사랑의 운동회를 벌인다

님아! 님아!
여기가 극락이드냐, 천국이드냐

우리, 이대로만 행복하면 되겠지
더 이상 욕심내면 안 되겠지?

바람아, 잠시만 소리를 낮춰다오
해조음아, 너도 함께!

나의 시집마다 빠지지 않는 이름

낮에도 잠시 누웠다 하면 자잘한 꿈
아침에 자고나서도 기억 희미한 꿈들
건설적 꿈이 아닌 꿈의 진개장
이름도 성도 모르는 사람들이
30년 넘게 수도 없이 나타나건만
어찌하여!
어찌하여 밤낮 잊지 못하는 숙이는
도대체 어느 광속에 숨어 있는지
내가 자취를 감춰 버렸던 그때 그의 충격
그래서 그럴까!
그림자도 보여주지 않는다
혹독한 가슴앓이로 병이 생겨서인지
그의 몰골을 본 사람이 있었다는
경남 고성, 낙원 골프장 사장의 귀띔
지금은 그 미니 골프장도 사라졌으니
소문 들을 곳이라야 꿈, 꿈뿐이다
나의 서재에 삼존불을 모셔놓고
조석으로 숙이 좀 만나게 해달라고
40년이 훨씬 넘도록 빌고 있건만
그 여린 마음에 나를 떼어내지 못해
상사병이라도 생겨
이 세상을 영영 떠났는지

50년 전에 죽은 친구도 가끔
보이지 않는가!
조석으로 참회하며 너를 위해
예불을 올리나니
저 세상으로 갔다는 소문을 믿고
오늘도 내일도 내 살아있는 동안은
극락왕생을 비옵나니 우리 다시
만날 때까지 부디, 부디 안녕하기를.

기다림

늦어도 매화꽃 필 때쯤이면 온댔지
혹시 늦더라도 찔레꽃 필 때쯤이면
온다 해 놓고는
숙아!
어디에서 어떻게 살더라도 우리
만날 때까지 약속 깨뜨리지 말자
그동안 수십 년도 기다려 왔잖아
나는 얼마든지 기다릴 수 있으니
아무 방향도 바라보지 말고 동쪽만
동쪽만 보고 있으면 이승 아닌
저승에서라도 꼭 만날 수 있을 거야
엊그제는 일부러 먼지를 둘러쓰고
온종일 매화 밭에서 기다려 봤지!
마지막 기차를 타고 돌아오려는데
마주 오던 상행선 열차가, 기다리는 님은
하늘나라 과수원에서 지낸다며 기적을 울린다
갑자기 매화꽃도 나도 눈물만 뚝뚝.

짙은 사랑

밤은 나를 안고
나는 밤을 안고
달아, 별아!
이것이 사랑이란다

티끌처럼 등 돌린
달아, 별아!
전생에 무슨 원한
그리도 많았더냐

등지고 있으면
점점 멀어지니
힐끗힐끗 곁눈질
그것도 사랑이라

사랑은 감정의 씨앗
미움도 감정의 씨앗
나는 남들이 버린
캄캄한 밤을 사랑한다.

상현달

만월이 되어 무엇하려나
다시 무너지면 그만인 걸
내 눈 감을 때까지만
그대로 멈춰줄 수 없겠니

힘들게 만삭이었다가
너마저 소득 없이 지면
이 가슴앓이 감당 못해
넘치는 내 담수장은 또

이대로 간다면
오래 가지 않을 것 같아
내 이끼 낀 그리움
네게라도 맡겨두고 싶어

들어주기 힘들다면
네가 사는 그곳에 데려가
나의 운명에
점이라도 찍어주면 될 걸

가야 해, 꼭 가야 해!
기다리는 님을 생각하면

더는 못 참아
너를 질질 끌고서라도

그래도 모르겠나
네 족속들은 인간과 달라
모두가 혼자지만
인간들은 그렇지가 못해.

그때가 지금이라면

흑백사진 한 장 없는
너를 찾겠다고
흔한 대낮은 물론
한밤, 지금도
온 하늘만 뒤적이며
동분서주

내가 멀리 할 것을
예감했던지
나를 심어 놓겠다고
화분까지 준비해 뒀다는
너의 농담은
후에야 알았지만

님아!
그래 네 예측이 맞았다
앞서 사귄 여인은
나를 감금, 그러나
나, 차마 그녀의 가슴을
찌를 수 없었다

네가 조금만 느긋했다면

그 미소 조금만 지웠더라면
큰맘 먹고 고백할 걸
십중 팔구는 너의 실수였지만
후회는 누구에게도 없다.

내가 대신 울어주마

울지 마
찢지 마
그 가슴 내 가슴이니까
초롱초롱한 두 눈
발개질까 봐
고운 볼 얼룩질까 봐
울어도 내가 울고
찢어도 내가 찢으마
지구 밖, 아주 멀리
날아가고 싶다고 남긴 편지
그래!
내게 날개가 있다면
떼어주고 말고
한없이 날 미워하는 마음
오죽하겠냐만
지구 양쪽에 나눠져
우리 각각 산다 해도
나는 네 화신이니
죽어도 같이, 살아도 같이
그러니까 나로부터
벗어날 수 없겠지
네가 싫어서가 아니라

한 여자 때문에!
그 세월 벌써 44년!
강산아, 나 이제 어쩌나.

미끄럼

너를 모른다
나도 내가 누군지 모른다
어디서 왔는가
어디로 가는가
기억에 남는 건 조금 전
저녁밥을 먹은 것과
담배
잡담
그리고 말도 안 되는 글을
써 내려가는 것 외는

이 펜을 놓으면
무엇을 할지조차 모른다
나는 이 지구상에 나타나
뚜렷한 기억거리나
훼방꾼이 될까 두렵다
그럴 소지가 많기에
부적을 석 장이나 갖고
옷을 갈아입을 때마다
주문도 아닌 주문을
열심히 외운다.

천 년의 인연

언제나 따뜻한, 그리고
고요 속의 짙은 미소
잃어버린 천 년의 인연이여

밤마다 찾는 그 곳
너와 내가 꽂인 줄
백촉짜리 전등만 알 뿐

조금만 끈을
앞서 당겼더라면
수줍을 나이도 아닌 걸

예사로이 드나드는
미니게임장
그곳에 뜨거운 가슴이 있었다니

나 한참 뒤늦게 알아
너를 잊을 수 없나니
다음 차례나 기다릴 수밖에.

계절 따라 바뀌는 병

손 한 번 따뜻하게 잡아주지 못했던 숙이
이가 없으면 잇몸으로 씹으면 된다지만
그럴수록 갖은 정성 다하려 열병 앓던 표정

긴긴 세월 동안
저 붉은 태양이라도 없었다면 지금쯤
나 어떻게 살아왔을까

늦봄에 사연 끊고 말이 사연이지
가슴 아프게 떼어낸 거나 마찬가지니
그의 불타는 불길 뭉쳐, 태양이 붉은가 보다

밤에는 커텐을 치고 이불로 몸을 가렸으니
날 찾을 길 없어
달로 변신하여 불철주야 나를 찾는 모양이다

해마다
초봄부터 늦봄까지 유난히 생각나는 것은
무심한 꽃들 때문이다 새들 때문이다

단념, 단념
몇십 년을 가슴 찌르는 아픔 때문에 그저
단념하지 못하고 오늘도 병자처럼 멍하다.

홀로 지새는 밤

소쩍새 우는 밤은
망부亡夫를 그리워하다
잠 못 이루는 아내가 있고

소쩍새 우는 밤은
망부亡婦를 그리워하다
잠 못 이루는 사내가 있다

울지도 웃지도 못하는 새는
밤새도록 나를 생각하며
잠 못 이루고 있을 테다.

해변

쏴르르— 소리뿐인 해안
오르내리는 파도소리가
내 발걸음보다 무겁다

세월 따라
인연 따라
짝 지어가는 우주법칙

천지와 하늘도
혼자서는
이뤄낼 수 없는 만사

아무도 찾을 수 없도록
바다 깊숙이 숨겨 놓은
나만의 블랙박스

나 죽어
바다 귀신도 못 찾을
나만 알 수 있는 박스

부지런히 찾으면
숙아!
너만은 찾게 돼 있다.

이제 내가 짊어질 짐

나는 네게 너무 일찍 무거운 짐을 지게 했다
한시도 내려놓을 수 없는 짐을
너는 그 짐을 지고
무겁다 말 한 마디 못하고 길을 떠났다
그로부터 나는 그리움의 투망에 걸려
마치 미치광이처럼 발버둥치기 수십 년
천둥 번개가 하늘을 가르는 어느 날
나는 투망 속에서 간신히 빠져 나왔지만 웬 걸
이젠 덫에 걸려 살점 찢기는 아픔에 잠겼다
긴 세월, 험준한 협곡을 지나 물살 거친 강을
건너느라 얼마나 지쳤느냐
불러도 소용없는 짓, 땅을 먼저 쳐야 하나
가슴을 먼저 쳐야 하나!
사랑하는 사람아, 사랑하는 내 여인, 숙아!
갑자기 또 하늘에 먹구름이 들어차는구나
이번엔 나를 휙 날려 네 앞에 던져준다면야
평생 내리지 못한 짐, 내가 대신 짊어지련만.

벽시계

쉘!
사랑과 눈물과 후회에 약하여
종국의 벽을 쉽게 뛰어 넘지
못할 무능한 자라면 이쯤에서
처음 자리를 되돌려 줄 테니
그만 일찍 돌아가다오
쉘!
당신이 여태껏 흘린 눈물만도
이만저만 아닐 텐데 내 눈물
까지 합친다면 둑이 터지리니
당신이 나를 계속 사랑한다면
비상등을 내걸 것이오
쉘!
희망 없는 사랑을 한다는 건
심심찮게 오작동 되는 벽시계
아무리 오작동이 심해도
배터리 갈아 끼우듯 쉽게만
해결할 수 있다면
당신을 왜 멀리하려 하겠소
쉘!
벌써 이달치 눈물이 넘쳐서
물을 퍼내고 있소

기상청에서는 속수무책
몇 십 년만에 닥친 최악의
가뭄이라나, 희망이 없다나
쉘! 귀 담아 잘 들어주신다면.

너무 늦은 후회

내가 그대를 기다린다 해서
한 번도 미워하면 안 돼요

내가 그대 못 잊어 한다고
알고 있기에

그대 그리워 잠 못 드는 밤
순전히 그대 때문이니까

서로 돌아서서가 아니어서
더욱 곪은 상처

모든 시초는 나에게 있으니
반항하지 않을 거예요

달도 별도 없는 이 세상
나에겐 오로지 그대뿐이니까

어디 계시는지 불러 준다면
나 그대 위해 종이 될래요.

초원과 나

당신의 마음은 언제나 그대로
나는 변덕쟁이

초원이여!

당신은 꿈에서도 나의 절대자
나는 말썽꾸러기

초원이여!

당신은 마름질의 도박사
나는 구김살의 도박사

초원이여!

당신은 한 곳에 머물 수 있어도
나는 방랑자

초원이여!

영원한 애인이 아니라도 좋으니
나를 멀리할 생각만은 말아줘.

제5부

님이여, 언제 오시나

님이여, 언제 오시나

님 찾으려 콩나물 버스를 탔다가
콩나물이 되었네
님 찾으려 콘테이너 차에 탔다가
밀수품이 되었네
님 찾으려 오토바이 뒤에 탔다가
엉덩이뼈 나가고
님 찾으려 헬리콥터 동승했다가
귀 고막이 터졌네
님 찾으려 연안부두 돌아 헤매다
신분증만 빼앗겼지
애물단지 같은 님이여 너도 혼자
나도 혼자, 님이여 언제 오시려나.

바람

겨울바람은 마실이 잦다
과부 바람은 홀아비 창문을
홀아비 바람은
과수댁 창문을 흔든다
바람의 정력은 과당찮지만
홀아비와 과부에게는
창문 열 힘조차 없어서
이불 둘둘 감고
지금의 바람은 아무것도
아닌 젊은 날의 바람에 푹
빠져, 근접이라도 하여
망신살이라도 해 보려지만
양쪽 다 풀이 죽어
어림 반 푼도 없다
창문만 빳빳한 겨울바람
나도 젊은 시절
중간 휴식 없이
두 시간 오 분 동안 열불
지치는 쪽은 여자 쪽
그 여자, 다운되는 바람에
아직도 신기록을 모른다.

여우비

찌는 여름 초저녁에
삼신 할매
엉덩이 까 벌리고
벼락치기
오줌 싸는 것 봤다
아래서 위로
보궁 속 보려다
두 눈에 오줌 가득
아, 따갑고 아까워.

습관 기르기

눈만 감으면 왜 이럴까
한적한 길을 그냥 지나칩니까
눈 한 번 감아 봐요
또 한 번 감고 걸어 봐요
세상이 왜 필요합니까
미인이 왜 필요합니까
식사 때 눈을 감고
변기에 앉아 눈을 감고
하는 것마다 보는 것마다
그때, 그때 눈을 감아 봐요
불 품 없는 세상을
아름답게 덮어주면서
그냥 그대로 멈추고 싶어요
특히 커피가 생각나거든
살며시 눈 감아 보세요
'아메리카노'
그만하면 제 맛보다 낫지요.

어느 여름날

차량들의 매연과
숨어다니는 분진들이 도심을 공격한
보행로에 듬성듬성 놓인 의자마다
젊은 연인들이 동석을 하고 앉았다
태양이 있어도 어두운 거리
연인들의 담배연기 꼬리가 긴 이유를
모를 자 있을까
경제가 땅바닥을 치며 통곡하는 이때
줄담배만 피워대는 초년생들
수많은 3D와 실직자들이 합세한다면
금연수치는 높을 것 아닌가
실직자들이여!
3D 앞에서 주눅 들지 말라
젊음과 건강은 이슬과 같나니
모든 걸 내리면 담배꼬리도 짧아진다.

시인들이여

그대는 시단에 뭣하려 나왔는가
노래하려, 아니면
춤추려 나왔는가
가뜩이나 어렵다는 난해시
자기가 지어 놓고도 모르는 시
해설해 가며 팔아 볼려고?
아니면 눈이 너무 밝아
꼭두각시 노릇하려고 나왔는가
그것도 아니라면 취미로, 아니면
무엇하려 나왔단 말인가
잊지 마라!
시인은 투사중에 투사다
시인의 칼은 녹슬지 않는다
독자들의 간을 즉시즉시 녹이려
나왔다든지 둘중 하나를 택하라.

위험한 우주

한결 공알 같은 우주에
악성 돌기가 날이 갈수록
무질서하게 생기고 있다

아날로그식 인간성은
디지털로 변형되어 가고
소진되면 또 다른 것들이

세월이 갈수록
우리들은 왜 미치려 할까
숨 잠시 멈추면 그만인 걸

소 언덕받기
주먹으로 바위치기
개떡이 피자 같은 그 시절

우주는 누구의 것도 아닌
모두의 것
모든 전유물을 해방시켜라

우주의 탈진이 위태롭다
무리한 과욕을 버려라
후대들의 양육이 걱정된다.

청백리

너희들이 있기에 하늘만은 깨끗하구나
쳐올려 보고 있는데 감히 누가!

청군 백군 가리지 않고 청백리 한 꽃
구절초

산들바람 불러들여 시시각각 헹궜나
티 없이 맑게 피어 새 세상 오라고

너희들과 나, 비록 겉모습은 다르지만
안으로 파고들면 무엇이 다르겠나

우리들끼리 세상 만들래, 물들지 않는
청백리 세상

푸른 하늘에 흰 구름처럼
흰 구름 사이에 푸른 하늘 같은 세상

세상에서 제일 작은 우리나라 새 나라
팔도강산 합친다면 작고도 큰 나라.

삶의 경주

달리기가 무척 힘들다
단거리인지
장거리인지도 모르고
그저 넘어지고 자빠지고
다시 일어서서 반복 뜀

왜 이런 경주에
뛰어들었는지 알 수가
골인 지점이 천국인지
아니면 지옥
일단 끝까지 뛰어보자

수법으로 달리는 자들
전생의 선과 악이
뒤범벅되어
알 것도 같고
모를 것도 같고

아가미는 엄청 크고
목구멍은 바늘구멍
내 삶이 엉터리기에
배는 고파도 어쩔 수
없는 이승.

돈 안 되는 시집詩集

소설이 아니라서?
만화가 아니라서?
그림이 아니라서?
낙서가 아니라서?
독자들이 고개 설레는가

시詩만 보면
짜증부터 앞선다는
독자들!
친구한테 공짜로
한 권 줬더니
골치 아픈 세상에
또 시집이냐

난해한 시詩는 사라져라
정사도 그렇게 하는가?
평론가들이여!
시인들이여!
당신의 평론이나 시는
10점짜리도 못 되나니
남의 작품 헐뜯지 마라

직장을 가진 자들은
한 달 지나면
돈이라는 것이 생기지만
늙고 병든 시인들은
개좆도 없느니라.

시집살이

시집 온 지 사흘 만에
되짜 맞고 도망갔다

옳은, 시집 대우 한 번
받아보지 못하고

평론가 잘못 만나
만신창이가 된 채

바늘방석에 앉아서
복채 받는 간 큰 자들

중매쟁이보다 못한
엉터리 재주꾼

꿩 먹고 알 먹고 사는
피까지 빨아먹는 신종!

제 발로 시집 왔는데
속 빼 먹고 간 빼 먹다니

하수구에 떨어진 동전도
동전임을 알라

나는 나의 시구도 몰라
항상 홀아비로 산다.

부산항

아직은 이른 밤 항구
켜질 등대는 이미 다 켜진 것 같다
뱃고동소리 너무 조용해
항구인지 뮤지컬 무대인지
여객선 선실마다
희비가 엇갈리는 순간
밧줄은 고정되고
어디서 출항하여
다들 어디서 무슨 사연 싣고
이제야 와서 저 미련덩이들
어디다 쑥쑥 쑤셔 넣을 건지
갑자기 내 걸어온 길들이
복잡 다양하게 되살아난다
저 배는 내일 다시 갈 곳이 벌써
정해져 있겠지만 나는 또
3류 여관집을 떠나 어디로 가야 할지!

정체

새집 앞에 가면 새들이 울고
개집 앞에 가면 개가 짖는다
확실치 않지만

장례식장의 곡소리는 믿어라
어른들의 곡소리는 믿지 못해도
아이들의 곡소리는 확실하다

이 세상에는 우는 자가 더 많다
웃을 일이 없어서가 아니라
울 일이 많기 때문이리라

맞아서 우는 경우보다, 억울해서
우는 자가 많기로
애매모호한 꾐에 넘어가지 마라

남자, 남자여! 사랑의 용사가 되라
그래야 착한 아내를 둡이니
여자여! 애정의 동물이 되지 말라.

별과 꽃

우리가 아무 연고도 없는 별들을
사모하듯이
별들도 아무 연고도 없는 꽃들을
몹시 사모하나 보다
게으른 우리는 별이 내려서기를
기다리지만
별은 뿌리가 아주 깊이 박혀 있는
꽃들을 차지하기 위해 손을 뻗어
줄기나 꽃대를 애써 끌어당긴다
조금만, 조금만조금만 더 당겨 봐!

무無

계절마다 번갈아 입을 옷 두 벌씩
깔고 덮고 침구 둘
밥그릇 찬그릇 몇에다 냄비 수저
이만해도 부자 아니오
홀몸에 무자식이면 상팔자 암, 암!
회장님, 사장님!
자식들 싸움 붙이지 말고 단김에
사회에 환원하시지요
한 목숨 귀하게 살았으면 한 번쯤
훌훌 털고 살아보는 것도 좋으리
결국 귀천이 따로 없는 세상으로
갈 것을 자식 눈치, 세금 눈치로
복잡하게 살 거 뭐 있소
문어발식 사업하다가 문어 꼬리
신세 되면 차 놓치고, 배 놓치고.

고향

도시는 온통 바늘 밭이다
도시는 칼집에서 갓 뺀 칼이다
노숙자를 보았느냐
아니면 노숙자가 되었느냐
삶에 서툰 자들이여!
당신을 노리는 함정이 도처에 있다
돌아가라! 서둘러
짚신을 삼고 살더라도!
자식 없는 홀아비 집은 텅텅 비어
혼자 울고 있다
누가 도시에는 떡고물이 많다고
꼬리 긴 소문을 내었느냐
그뿐인가
도시는 독사 소굴
도시는 여우 소굴
지금쯤 당신을 해치려는 자들이
밑그림을 그리고 있다
뛰어라 뛰어 함정에 빠지기 전
고향을 향해!!!

오수午睡

강나루에 빈 나룻배 띄워 놓고
오수에 든 사공

몇 날을 허탕친 사공이 끙~~ 끙
빈 배 등에 지고 산을 오른다
땡볕에 숨을 헐떡이며 비 오듯
쏟아지는 땀이 야속하다
단칸방에 여섯 식구가 새우잠을
자야 하는 가난
천사 한 명과 토끼 네 마리가
사공을 기다리고 있을 오두막집
조금만 더 오르면 산등성이다
갑자기 나타난 건장한 산적들이
뱃머리를 돌리라며 칼을 뽑는다
자반도 한 마리 못 사가는 판에
산적까지 만났으니 이 일을!
갑자기 강물이 산으로 불어올라
눈 깜짝할 새 모두가 배를 탔다
난형난제, 놀란 사공이 꿈에서
깨어났다
이 자반 한 꾸러미는 누가 두고
갔을까.

문둥이춤

달 밝은 이른 밤

옥상 빨랫줄에

온 가족들 걸터앉아

제각각 문둥이춤 잘도 춘다.

제6부

청석골 선비

빵이 되고 싶다

무지무지하게 큰 산
용암이 흘러내려간 푹 파진 흔적에
이 몸을 새로이 반죽
비만의 빵으로 드러눕히고 싶다
먹어서 배 부르는 빵이 아닌
만져서 배가 부르는 빵이 아닌
길 가다가 슬쩍 곁눈짓만 해도
허기를 해소할 만년 빵이 되어
모든 생명체들의 먹이가 되고 싶다
기아라는 단어가 사라질 때까지
이 세상에 나란히 존재하고 싶다.

사랑이란

내 알기를
사랑이란
서로가 아껴주는 것이라 생각된다

내 알기를
사랑이란
서로가 믿어주는 것이라 생각된다

네
나를 알기를
바람막이로 생각하라

네
나를 알기를
아름드리 기둥으로 생각하라

네 없이 나 없고
나 없이 네 없음에
사랑이란 주인과 몸종이 따로 없다.

가을, 그리고 불꽃

폐렴에 걸려 죽었나 보다
도심, 아름드리 가로수에서 잘라낸 삭정이들이
수북하게 쌓여 있다
가을은 이제부터 불을 지피려 꿈틀, 벌써부터
미쳐 보지 못하고 떠날 운명들이 안쓰럽다
보면 볼수록 같이 떠나고 싶은 마음, 지팡이에
몸을 의지하고 다니느니 나도 같이 동행할까
얘들아! 언제 미쳐도 미칠 것, 말미를 주렴
다가오는 가을과 함께 실컷 미쳐 보고 그들과
함께 떠난다면 살아남은 자들도 극치에 도달
누이 좋고 매부 좋을 걸!
그뿐이랴, 남은 자들을 생각해 보라
카메라에서 손을 뗄 줄 모르는 미래의
미친 자들까지 합친다면 지구는 그냥 미친다.

바보같이 살았다

외로움과 가난과 대죄大罪와
아픔을 모르는 자들이여!

그중, 종 종
전기에 감전되어 타 죽는 자들

겨드랑이가 간지러워지자
어리석게 만사에서 깨어났다

그들은 멍청하게도
삶과 죽음조차 예사인 얼간이

다들 불사조가 되고파
신통 부적까지 동원하는 세상

난, 이 세상에 발 디딘 날부터
모든 것이 그런 줄만 알았다

내가 진짜 바보인 줄 70여 년을
내 생각만 가지고 살아왔다.

해

새벽 바다에 웬일로 구름이 없다
매일 이 때쯤이면
구름을 헤집고 나오던 해
이, 얼마만인가
용광로 바다에서 원형 그대로 쑥
솟는 해가 나를 환장시킨다
그를 따라 내 시선을 딸려 붙였지만
희한하게 구름 한 점 걸리지 않는다
내 살아온 길이 단 한 번이라도
저런 전례가 있었다면 좋으련만

아무래도 서쪽이 수상하다
서녘 하늘이 바다와 손잡고 희끄무레
예사롭지가 않다, 잘 나가던 하루
무슨 수작들일까
세상에 걸림 없는 것이 우리들을
이끌어준다면 얼마나 수월할까
때마침 서녘 바다의 구름이 풀어진다
용광로에서 빠져 나온 아침 해
저 혼자 생각해도 놀랄 일 아닌가
한동안 내 피돌기도 원활할 것 같다.

청석골 선비

까악, 까악 까마귀
청석골 산마루에 힘 빠진 과객들
돌탑 쌓느라 분주하고

까악, 까악 까마귀
동자보살 몸 바꿔주니 돌은 많다만
느린 몸, 짧은 세월

까악, 까악 까마귀
지지난 년, 지난 년, 금년, 내년도
마찬가지 한 년들

날마다 철마다 해마다 듣는 소리와
돌탑에는 덩치와 이끼만 자랄 뿐
정작 원함은 도로 아미타불이려니

새야, 새야 검은 새야
날 불러 내지 마라
벼슬도 좋지만 선비가 더 좋은 걸

논 두둑에 콩 심고
텃밭에는 야채, 틈틈이 주경야독
이만하면 무엇이 부러우랴.

실망스런 돌

경북 영천 어느 마을을 지날 무렵
관광버스에서 내린 사람들이
길게 줄을 서 있다
내용인즉 제법 메주 덩어리보다 큰
돌이 있는데 그 돌이 들리면 소원이
이뤄지고 안 들리면 그만이란다
우리 일행도 쑥스러움과 함께
한 사람씩 돌을 드는데 반 이상이
안 들렸다
내 차례다
소원을 말하고 돌을 들었는데
거짓말같이 가볍게 쑥 들렸다
여기저기서 손뼉소리가 들리고
얼굴은 화끈거려 안절부절 아닌가
속으로는 금방 황금덩어리 하나를
얻은 것 같았는데 그때보다 더
빌어먹고 있으니 세상에 별 일이.

방송광고

뉴스를 보기 위해 채널을 돌려 본다
광고를 하는 건지 뉴스를 하는 건지
도무지 알 수가 없는 수많은 채널들
사건 사고가 방송국마다 엇비슷하다

맹물보다 싱거운 광고로, 모델료를
생피 빼가듯 펑펑 빼가는 업자들
세상에 별 사람 있는가
세상에 별 이름 있는가

난장의 자판상들도 서민들의 주머니
사정을 알고
팔리지도 않는 것들을 코 앞에 두고도
억지웃음은 팔지 않는다

문장가들이 그렇게 많아도, 그렇게
좋은 글을 펴내고 이름이 있어도
제 돈 없으면 빚내어 만들어서
빚내어 나눠주는 지랄 같은 세상이여.

무임승차

시골 잠자리가 무성한 소문만 듣고
땡푼 없이 무조건 도시로 나왔다
어지럽다
구역질이 난다
잠자리 왕국의 잠자리가
끼니는 고사, 잠 잘 곳을 못 찾아
폐선 깃발에서 뜬눈을 보내게 됐다
수없이 많은 별들은 어디로 갔을까!
아! 달아, 반가운 달아!
여기가 어디냐?
풀 냄새와 내 친구들은 다 어딜 가고
캐캐한 냄새만 코를 찌르는가
먹어야 산다
빌딩 옥상 밭으로 가서 아침 끼니는
겨우 때웠다
시끄러워 양쪽 귓구멍이 하나가 됐다
해가 지기 전에 산촌으로 돌아가야지
승무원의 눈을 피해 무임승차를 했다
뜬소문 듣고 왔다가 하마터면
고추잠자리 고추 잃을 뻔했다.

올가미

여기서 멈추자
문명과 과학이 세상을 노린다
그들에게 빨려들지 말자
세상의 성능이 높아질수록
뻔한, 이치 아닌가
세상의 모든 소리가 변하고
모든 움직임이 변하면
우리는 우리가 그동안 쌓은
노력들을 끌어안아야!
첨단은 끝이 없다
끝이 없을수록
더 위험하다

그들은 서서히 외계인이 된다
인간들이 지배를 받으며
그들의 욕구를 채워 줘야
난치병에 걸리지 않을 것이다
한 번 걸려들기만 하면
지금 우리가 겪는 생사와 같다
우리의 유전자는 무용지물
개나 짐승의 유전자도
그들과는 무관

파리나 모기가 되기 전
여기서 멈춰라.

장기 기증

검은 제복을 입은 젊은 신사들이
포승줄을 갖고 언제 올지 모른다
죽음에는 남녀노소가 없나니
자신에게 큰 지장이 안 된다면
이식 가능한 장기쯤은 나눠 갖자
누가 아는가!
오늘 아니면 내일
금년 아니면 내년에 죽는다 해도
죽은 뒤에 허탕치지 말고
빠르다고 할 때는 이미 늦은 것
특히 어린 아이들
그들이 나중 산적이 된다 해도
산전수전 살 만큼 살았으면
의심치 말고 과감하게 기증하라
누워서 제대로 발도 구르지
못하는 자여!
나의 장기가 필요하다면
장기 기증자인 나를 찾아라!
고물상 전기제품도 이것저것
끼워 맞추면 재생품이 되나니
늙고 병들어 포기한 자들이여!
걸레 조각 같은 헌 몸 주면

새 몸 받아 올 것 아닌가
고령사회라고들 하는 판에
나는 이제 겨우 젖먹이 아닌가
장기 기증자 단체는
뒷짐만 쥐고 있을 게 아니라
지금이라도 나의 이름부터 찾아라.

가을

지나가려면 어서 가렴
너 하나 때문에
수많은 가슴마다
불길 솟나니
짐승까지 말일세

너는 예사로이 여겨도
가는 세월 속에
유독 너만이 짧아
온 세상이 미쳤으니
차라리 주저앉으렴

저만치 눈이 오다가
일방통행 혼자 차지한
너를 발견, 갈려면
어서 가라고
심장 터질 굉음소리

보이느냐
들리느냐
밀치고 당기는 모습과
늘어선 차량들
어서 길을 내어주렴.

소유욕

만 가지를 다 갖고 싶어하는 욕망
셋방살이에 외제차는 심하지 않나

내 집 갖기를 소원하는 자들이여!
잡념을 버려라

어떤 집에 살든 양 팔다리 쭉 뻗고
비바람만 피하면 이래저래 한 평생

몇달 동안 병원생활하다 보니
영구차 드나드는 건 예사

도배하고 못 박고 빨랫줄 쳐도
어차피 속은 빈 강정

도장 적게 찍고
못질 적게 하는 자가 행복한 자다.

우주의 유산

저 밤하늘 수없는 별들을 보라
석가모니는 이미 말했다
인간들이 별 하나씩 차지해도
무수히 남는다고 했잖은가
지구는 지금 황폐화 되어 가고
인간들은 과학이란 이름으로 가세
괴물들을 만들어내고 있지만
겉만 탐스러울 뿐이지 내장은
썩은 과일 속과 다름없다
수정같이 때 묻지 않은 곳은
한 곳도 없어질 것이다
이 지구가 썩어 문드러질 때까지
우리는 새로운 별을 찾아야 한다
유구한 지구를 파괴한 자들이여!
더 이상 돋보기를 들이대지 마라
너는 죽어도 나는 살아야 함이니.

가랑잎

밟아도 짓뭉게도 간을 난도질해도
태연한 그
이미 태어나자마자 바늘구멍 같은
흠집 하나 안고 나온 몸
평생 살면서 어디 바늘구멍 하나
뿐이겠는가
산전수전 겪다가 운명이 다 된 몸
힘없이 길바닥에 퍼져 누웠다
온몸 비틀어도 물기라고는 없는
주검이건만 이다지 태연하다니
노상에 누워 밟히고 찢기고 차여도
살아서 워낙 단련된 몸이라
오히려 분풀 일 있으면 실컷 보라고
차선車線 위에 공양물로 누웠다.

옥에 티

산다고 사노라면
듣고 보고 먹고 만져지는 것 중
몹시 싫증날 때가 있다
그것들이 없으면 죽음 아닌가

산다고 사노라면
단 하나라도 진저리날 때
그 순간은 고통이라지만
고통도 불행도 물거품도 아니다

무리하지 않을 정도로 괴롭히는
그들과의 친교만 확실하면
만사가 해결 나겠지만
그 재미도 없으면 무슨 재미로

흠 없는 구슬을 보았는가!
튕길 때마다 살점 떨어져 나가
아프기도 하겠지만
생로병사生老病死 이치를 어찌 가두랴.

한파寒波

목 멘 소리로 온 세상을 마구
휘젓고 다니던 폭군 한파
그럴 줄 알았어!

한동안 기척이 없다가
중생의 발목 푹푹 빠지도록
비늘 털어낼 것을

1세기 가깝도록 전례 없었던
엄동설한
영락없이 산천이 굳었다

춘신아! 동장군의 술병에
어서 독을 타서 바치어라
쓰러지면 꽁꽁 묶는 일까지.

겨울나기

홀로 사는 내게 피붙이 같은 꽃들
늦잠 자고 일어나 보면
하나씩 지고
또 그렇게 지고
지고!
나만 두고 저들끼리
어느 행성으로 옮겨 갔는지
나, 어쩌면 좋답니까?
만산홍엽마저 다들 떠나면
맹렬한 서라벌 전투가 끝날 때까지
피붙이들 돌아올 때까지는
어떻든 버티고 있어야 되겠지요
한 철
지옥 같은 영역을 벗어나려면
어디에 몸을 숨겨야 할지!
겨울잠 종족들 참 부럽기만 하네요
하다 못해 개털 속에 빌붙어 사는
빈대라도 되고 싶다만 그게 어디.

| 엮고 나서 |

비천상飛天像이란 사전辭典을 펼쳐 보면 쉽게 이해할 수 있다.

외로운 자나 괴로운 자들을 찾아다니며 춤과 노래로 그들을 달래주는 하늘나라의 선녀다. 또한 선인仙人, 천인天人, 천녀天女라고도 되어 있다.

나를 비워 남을 채워 준다는 것은 보통 어려운 일이 아니다. 지구는 지금 말세가 되어 매일같이 일어나는 일에 대해 종잡을 수 없을 만큼 난장판이다.

난장판의 주됨은 날로 과학화 되어가는, 농경사회와 너무 동떨어진 것이 이유가 되겠다.

이로 인해 과학이 인간을 지배할 때가 올 것을 상상하면 아찔한 일이 아닐 수 없다.

나뭇가지는 편안히 쉬고 싶은데 바람이 멈추지를 않고, 자식은 어버이를 봉양하고 싶지만 어버이는 마냥 기다려주지 않는다는, 지상에서 하나뿐인 아름다운 이야기는 아직까지 유효하다.

부정부패로 썩을 대로 썩은 이 정부가 하루라도 빨리 이성을 찾아 민의를 돌보며 재도약의 발판을 구축하지 않으면 우리에게도 올 법한 비천飛天이 중도에서 돌아설지 모른다.

이럴 때 우리 모두는 서로가 서로의 어머니가 되어 인내해야 함이다.

진진욱 제13시집

비천상은 나의 어머니

•

지은이 / 진진욱
발행인 / 김영란
발행처 / 한누리미디어
디자인 / 지선숙

•

08303, 서울시 구로구 구로중앙로18길 40, 2층(구로동)
전화 / (02)379-4514, 379-4519
Fax / (02)379-4516
E-mail/hannury2003@hanmail.net

•

신고번호 / 제 25100-2016-000025호
신고연월일 / 2016. 4. 11
등록일 / 1993. 11. 4

•

초판발행일 / 2017년 1월 4일

•

•

값 12,000원

•

•

ISBN 978-89-7969-735-3 03810